박지현 시집

미시령 눈사태

한누리 미디어

박지현 시집

미시령 눈사태

시인의 말

시의 언덕 오르며

프리드리히 빌헬름 니체의 〈짜라투스트라는 이렇게 말했다〉에 보면 이런 말이 들어 있다.

폭풍을 일으키는 것은 가장 조용한 언어이다
비둘기처럼 고요한 사상이 우리의 세계를 뒤흔든다.
사랑을 일으키는 것도 조용한 언어다
큰 소리나 허장성세가 아닌
작고 고요한 언어로 보여주는 진실된 사랑이
사람을 움직이고 세계를 흔든다

이 세상 사람들을 끌어들이고 살리고 절망 가운데서도 희망을 건지게 하는 사람의 공통된 특징은 겸손이라 생각된다. 그리고 크고 강력하고 화려한 것이 아닌 작고 소박하고 낮아졌을 때 사람들을 감동시킴을 발견했다.

좋은 시도 거창한 사상이나 화려한 지위나 명예, 권세, 풍요로운 삶에 깃든 것이 아니라 사람들을 감동시키는 것은 참혹한 아픔을 당한 전쟁 고아들을 사랑하는 마음에서 싹트고 탄생된다고 믿는다. 처음 시를 잘 몰랐을 때는 자기 이상과 명예 욕심과 이기심으로 시를 썼다.

그러했을 때 영 시다운 시 한 편이 탄생되기 어려웠다. 그러다 높고 근거 없는 교만한 마음을 어느 순간 내려놓았을 때 시가 조금씩 보이고 발견되고 만져지기 시작했다.

나는 1996년 12월에 계간 『해동문학』으로 등단하여 10여 년간 시라는 한 우물을 파왔다. 시는 어떻게 써야 되는가. 조금씩 깨우쳐 가는 동안 경이로운 시의 세계에 스스로 감격한 적도 있었다. 어떤 때는 캄캄한 동굴 속을 혼자 들어가야 하는 듯한 막막함을 경험했으나 포기치 않고 쓰고 또 썼다. 그러면서 시의 깊은 바다에 들어가 깊고 넓은 문학의 세계를 접하고 싶었다. 시란 내 인생 자체이며, 진실한 내 삶의 형상화 작업이다. 시 속에는 나의 인생관과 꿈, 신앙, 가치관, 우주관, 아픔과 희생, 정서와 진실한 사랑이 녹아 있다.

이 시집에 실린 시들은 시상이 떠오를 때마다 수십 번 다듬어 맑은 옹달샘에서 건져 올린 나의 분신들이다. 이 시들을 진실로 사랑하며 더 좋은 시를 쓰고자 정진할 것이다. 때론 시상이 떠오르지 않아 남 모르는 고통도 많이 겪어 왔다.

시는 나의 일회적인 인생에서 지금까지 동반자가 되어 왔다. 그러나 아직도 참다운 시에 대해 터득하려면 먼 것 같다. 시의 깊고 넓은 바다에서 아직도 개구리 헤엄을 치는 초등학교 소녀에 불과함을 절실히 느끼고 있다.

평생에 빛나는 한 편의 시를 세상에 내놓고 싶다. 그래서 만인의 공허한 가슴에, 어둡고 우울한 마음에 한 줄기 빛으로 전이되어 진정한 평안과 자유, 기쁨의 세계에 도달되는 경이로운 체험을 하고 싶다. 고요한 언어, 살아 움직이는 언어로 끊임없이 인생과 자연을 생각하고 사랑하고 고뇌하며 걸작이 나올 때까지 성실한 작업은 계속될 것이다.

2005년 6월

박 지 현

차례

1부 항아리

2부 햇빛

차례

차례

3부 꽃

4부 강

차례

차례

5부 봄 이야기

1부. 항아리

항아리

그냥 불구덩이에 누워
태워 보기로 했네
네가 쪼그린 채 불타고
나도 덩달아 처절하게 타야 할
거역할 수 없는
저렇게 해 뜨고

무슨 무늬와 색깔로
우리는 처음 만났던가
또한 어떤 소리로 오래오래 살아갈까
햇살 몇 줌 담아 내더니
밤새 뱃고동 소리 들으며
노 젓다 곤히 잠들었구나

점점 부풀어 올라
그 속에서 집 짓던
달팽이 한 마리
겨울잠 깨어 몸 털며 일어선
빈 집에 햇빛 눈부시게 쌓이네

개구리의 노래

때로는 겨울 하늘만 있는 줄 알았네
아니 봄 건너뛰며
도망치는 여름도 쫓아가 보고

첫아기 낳다 노랗게 질린 얼굴로
반짝 죽었다 살아 나온
어머니의 삐죽이 튀어 나온 미소

가뭄 끝 단비
우루루 뛰쳐 나오고

너의 이름 새겨낸 녹슨 철길
밭둑엔 소나기 막춤 추며
나뭇잎 버무린 억센 몸짓으로
피어난 꽃, 꽃, 꽃

칼

달빛 받쳐 놓고
긴 사랑 편지 띄웠느냐
무심천도 몇 번 물구나무 서더니
이마에 겹주름 펼쳐 놓고
새는 등 돌린 자유를 노래하네
시간은 용광로 속에 잔뜩 숨죽이며
세상을 부지런히 읽고 있지
새 날 밝는구나
집 한 채 마련하고 화분 물갈이할 때
아무도 따라올 수 없는 몸짓이 되고
엄마 뱃속 아기 꿈틀대며
하늘 자르는 소리 들었다네

나무의 잎

거칠은 뜰에 솟아
나무의 잎으로 퍼지는 까닭을
그대는 아느냐

당신이 오랜 날 꿈 속에 빠져
땅의 티끌까지 품었을 때
더 낮게 살아가던 민들레마저
죽어야 사는 계절을 노래하고
앓아 누웠던 자리에서 벌떡 일어나
푸르른 교정으로 뛰쳐 나갔다네

길모퉁이의 시간은 나를 데리고
능청스럽게 산등성이를 몰고 가고
벼랑으로 떨어지는 법도 배우자
그 날
눈짓 하나 건지게 되었네

수초

네가 없이 내 몸은 언제나 푸르를 수 없었지
어릴 적 몰랐던 눈물의 자국
물밀 듯 몰려 오고

땅 속 양분 받아 올리며 내뿜는 숨결
길 떠난 금붕어 살아나고
잉어가 꿈틀거렸지

시간 녹여 낸 연못가
계절 흥건히 젖어 들고
바람 한 점 성가신 한나절

잎 타고 목마를 때
슬며시 스며드는 나무 뿌리
옹골진 노래 뒤따라
가슴 철렁이며 무너져 내린 바다 넘보면
큰 몸짓으로 연보라꽃 떨기로 솟구쳐 오르다

느티나무 반기며 얼싸안은
왁자한 소리

어떤 그림

— 운보의 書法에 붙여

앞산 새들도 펄펄 뛰던 날
집안 구석구석
화단 사이사이
작은 꽃송이 돌쪼가리도 숨 죽였지
굵직한 화필에 기 쏟아 붓던 뜨락

사철마다 튀어나오는 꽃의 노래
문지방 사이 햇살은 넘어갈 기색도 않는
패이고 패인 조각
가슴에 파묻고 삭힌 자국들

둥근 해 삼킨 저 달궈진 몸짓
빨래터와 목동의 피리 소리 들으며 귀가하는
운보 벌판 연못에 서면
당신 닮은 잉어
줄지어 원혼 불태우며
살아 꿈틀거리는 저물녘

*운보 : 화가. 본명 김기창. 충북 청원군 내수읍 형동리에 '운보의 집' 이 있음

과수원에서

바람이 떠미는 것은
무엇인가
그것이 어둠인가

아픔의 날도 많았지
허구많은 날
담금질하더니

가난한 울타리에도 뿌리 내리는가
비바람과 햇살 멀리로
천둥 번개치고

그대 서서히 걸어 오던
오솔길의 발자국이여

빗살 무늬로
우뚝 솟는 언덕에
거기 지나가던 햇빛이
슬그머니 비집고 들어와
지금 누구 부르고 있나

단풍나무 아래서

어느 날 구부러진 나무 등걸 타고
물 먹으며 뿌리 내리더니
길가 돌짝도 쟁여 놓고
밭농사 지으며 고개 숙인 터널
열매 없어 속 태우던 자잘한 가락
제 자리 제 빛깔 찾아내고
붉어진 이름표

내가 흙 한 줌 움켜잡고
벗삼아 살아갈 때
내 팔 휘감고 서성이던 바람
거친 들길에서 또한 끼어든 내 땅

더욱 때깔 나는
그리고 가을 하늘 억새로
수줍은 저녁 해

남해 을숙도 철새 환생한 관현악단
낮은 땅 아침 햇살에 모시조개 눈뜨는
파도의 칭얼거림

땅

세상에 나와
노래하며 꽃을 만지고 느낄 때
저것은 광활한 땅이었던가

땅을 알아 가면서 무엇을 맛보았는가
처절한 쓴맛도 알게 되었지
벌 개미 사슴벌레와 풀들이
싸워야 살아 남는 것도 알았네

다시 흙으로 돌아가며
풀어 헤친 산과 들판
고라니 박쥐 왜가리 배꼽 쥐고 돌아오는
저문 들창 휘젓는 소리

바윗장 꿈틀거리다
조용히 제자리로 돌아가고
지천에 널린 손바닥 하나
건져 들고 울먹였지

문의에서

— 수몰의 옛 터전에서

20년 전 수몰된 등뼈 굵은 민가에도
찬 바람 살랑대더니
제막비 건립으로 문의 성당 대문마저
벌겋게 물들고 있었네

대청댐 옆동네 억새는 물먹고
너 없인 도저히 살 수 없다던
노래비도 되살아나네

그날 이후 설잠 깬 기러기
겹친 산등성이 뒤로
함성 지르며 익어간 산 언저리

당신은 가을 가로수 되어 다가서고
나는 새 흙으로 환생해 삐죽삐죽 튀어 나온
봄날을 큰 가위로 재단하고 있네

바람

눈 무게 이겨 낸 겨울 나무
어느 날 바람 들더니
나뭇잎 하나씩
눈물 삼키며 버렸네

버리는 주변 숲엔
새들 어깨 나란히 하며
먼 하늘 무지개 찾는 눈빛들
줄지어 남아 있는 하루
힘 겨루기하고 떨고 있는데

잎새 주워 모으면서
나를 버리는 가을 들녘
땅 속에서 솟구치는
가지 하나
바람 속이 꽉 차
숨죽이고 기다리네

창후리 갈매기

창후리 선착장에서 만난 갈매기
날아든 싸늘한 날개짓

과자 쪽에 목숨 걸기도 하고
두 팔 벌려 기를 넣곤 하던 것이
취업난에 서서히 밀리기 시작하였네

스스로의 힘으로 날지 못하는 너는
누구와 몸 비비기를 바라는가
뚱보 갈매기로 불러 보는 또 다른 이름

오늘 아침 서해 물살 위로
깨달은 말씀 하나 반죽하고 왔네

주목

너를 빚어
값진 바둑판도 만들었네

그대 지구에 드물게 숨 쉬는
희귀종 되었어도
고사목 제자리 지키는 자랑도 크구나

덕유산 자락 향정봉 구름도 파문은 소문
고산지대 눈보라 먹고 자란 만큼
커진 겨울 정서들
숨차게 오르는 산의 무게
그 옆으로 퍼진 그림자의 오지랖

아직도 버텨 선 숨결
그 순한 눈빛으로
한 몸에 뿜어내는
오늘의 시詩여

빨래

무심천 쓸고 간 큰 물살
수초의 키재기 노래
한 겨울 용케 뚫어낸
붕어 송사리 메기떼

아낙네들 끓던 속
텃밭 고랑 스쳐 지나가면
물소리 받아 먹고 커 온
키 작은 물새 한 마리

숨쉴 수 없는 날 겹으로 껴안고
한 밤 지샌 고단한 매듭
헹굴 수 없어 서성이던 흘러 간 날이여

몸 다친 물고기떼 행렬
을숙도 새들도 새 날개 달고 떠난 터에
살 붙이고
살 떼고

벽

— 폭설 내리는 날에

어떤 언어로도 세울 수 없던 벽이
그 폭설로 무너지고

금가고
색마저 바래더니
흙빛으로 익어 가던 밭구덩이에서
바다 속 뭉친 뼈들이
나직이 속삭이며
봄 눈 틔워 내는 소리 들여놓더라

꽃보다 더 빛나는 봄 나무
다 팔려간 밑동
숨 소리 고르더니
이내 중년 나무 허리춤에 넌지시 얹히네

수양버드나무 팔뚝부터
지구 저 쪽에서
연초록으로 수놓기 시작하고
심장이 남 몰래 쿵덕쿵덕 소리지르는데
벽은 뒤도 안 돌아보고
바람 타고 달음박질치고 있었네

미시령 눈사태

강원도 고성군 미시령
올해도 어김없이 엇갈린
폭설로 희비 짙었는가
운전자들 십년 묵은 체증 같이 녹고
동태 오징어로 겨울 나는 끝동 시린 저녁찬
얼음판 위 한 방 날리던 어린 아들
시집 간 딸 오던 길 첩첩 산중

설경의 차오름 풀썩 젖는
스키어들의 환호성
앞산마저 들었다 놓았다 했지
길 막힌 병원 골목이며 장터
꽁꽁 언 바다 밧줄 묶인
라면 한 그릇 섞어 마시던
어부의 주름진 얼굴

눈 뿌려 창문 환해지면
그 눈 뭉쳐 앞산 내지른
찐득찐득한 살얼음 묘약

미시령에 해마다 내리는 눈으로
햇빛과 그늘로 엇갈리고
쌓인 눈의 깊이와 높이
설경설경 묻어 놓고 가네

2부. 햇빛

햇빛

폐교 마당 한 귀퉁이에
작은 꽃으로 피어나
여름비 물소리 귀 기울이며
한 그루 소나무로 뿌리 내리기 전
바람도 달려와 입김 내뿜고
지나가던 햇빛
땅 속 잠든 흙이 덩어리 헤집고
그 돌 틈 사이 삐져 나온 새싹
그러한 한 날
내 두터운 외투 자락 벗겨 내더니
초록의 숨결 틔워 버렸네
긴 잠 깨어나 사방 휘둘러 보니
또 다른 얼굴과 빛깔로
눈부시게 철썩거리고

닭해에

진초록으로 버무린 들녘
내 귀에 뾰족한 소식도 없구나
어떤 두드러진 날 너의 탄생으로
전원은 물 오르고 윤기 돋아났지
허나 별안간 큰 파도 산더미로 밀려와
둥지 잃고 땅마저 터져 버린 어둠
허우적이는 죽음이여
가로막힌 폐가 한 쪽
집 짓고 빠듯이 살아 가던 언덕
엉킨 실타래 조금씩 풀리더니
황토방 돌문 사이 울음 섞인 새벽
풀꽃에게도 물드는
젖어버린 닭의 목청

먼동

동해 밑바닥 물
끝없이 훑으는
커다란 팔뚝이었다

세종기지
얼음과의 사투
번뜩이는
구명보트 한 척이었네

아침마다
펄럭이는 깃발이었지
함께 흔들리는
목청이구나

새벽잠 흔들어 깨우며
우뚝 일어서는
장미꽃 하나

그리고
온통 색깔 골라
출렁거리는 자유여

지리산

계절 숲
울림 소리 커지고
구름 사이사이 쳐 놓은 여운

구조 조정으로 밀린 바람
흙 속 이곳 저곳 스며들면

멍울멍울 여울져
일렁이는 하늘
비구름에 갇히고
하늘 바다에 풀리는
매듭, 매듭들

빈 들

때론 풀꽃 왕관 쓴 오월 신부
전원주택 장미 화원에 기대 선 가로등
커단 배 과수원 참배 익어 가던 함성
그려 보고 또 메꿔 보았네

감기 든 늙은 나무
버린 나뭇잎 다시 사는 일
잎 떠난 자리
두런두런 수다떠는 들녘에서
다시 돌아와 가쁜 숨 고르고 있다네

숲에서

깊이 코 골며 잠든 숲

육신 뒤틀며 거세게 비 뿌리고

나뭇잎 통째로 목욕한다

새들은 덩달아 지껄이고

풀은 여기 저기서 부대끼며

거기 뒤뚱대는 새 한 마리

조용한 날에 춤춘다

가을 노래

도토리 나무 익은 몸
밤 늦도록 흰 살 뒤집고
떨어지는 아픔 지켜 보았는가

계곡 구석구석 누비며 멍들어
물들인 빛깔 빚어내는
저 함성 그대 무르도록 듣고
메뚜기 귀뚜라미 퍼뜨리는 소문
온 몸으로 춤추었는가

그대 신음 소리 없었다면
붉어진 열매 볼 날 멀었으리
호박 잎새 칡덩쿨과 섞여 익어 가는
조각 구름 붉게 채운 뜨락
그리고 고향집 감나무
하나의 눈짓 떨구며
빠른 걸음 걷고 있었네

거미의 작업

어미 뱃속에서 뛰쳐 나온 건
걸작품인가
거칠기 짝이 없는 땅 한 평 주어졌지
사계절 논밭 일구고 땀 훔치던 들녘
벌레 잡고 잡초 뽑는 손 마디마디
흙은 바람과 햇살로 채우는
또는 쓰러진 벼이삭 사이사이
뒤돌아 앉아 집 짓는
탯줄 한 번 끊어져 다시 이을 때에도
바다 밑바닥부터 받쳐주는 힘으로
거미는 세상을 감고 목숨을 흔들며
우주로 날아 오르네

낙엽

강산이 몇 번이나 거듭나고 나서야
그대 속 마음 알아차리고
그대 색깔과 향기를 찾고 맛보기까지는
동해가 수십 년간
질 좋은 소나무를 길러내며
수시로 각혈을 토해내곤 했지

그대가 전국 곳곳을 돌며 낮아져 가로수 되어
땅의 티끌까지 빨아들였을 때
더 낮게 살아 가던 민들레마저
죽어야 사는 의미를 발견하곤
앓아 누웠던 병석에서 벌떡 일어나
푸르른 교정으로 뛰쳐 나갔네

세월은 나를 데리고
능청스럽게 몰고 가고
나는 그대에게 빠져
그대가 건져 줄 때까지 기다리곤 하다가
깨끗이 지는 법을 덩달아 깨우치는
비밀 하나 발견하게 되었네

억새밭에서

기러기 점 찍어 놓은 저문 하늘가
억새밭 가녀린 줄기 타고
당차게 뛰어 오르는 냇가 물고기

가을이 침묵 깨고 나들이 온 날
차창 밖으로 흠뻑 머금은 노래
후끈 달아 오른 은행나무 가로수

통째로 던져 주네
햇살 담은 얼음 속
은어 사는 이야기

큰 나무 앞에서

그대 주인 되어 나 껴안을 때
쏟아지는 나직한 음성, 그리고 햇빛
가을 숲 열리는 날에
가슴 깊이 숨겨 놓은 당신의 말씀

오늘은 소리치지 않고
들레지도 않는
조용한 강가에서

죽어가던 자 살려 낸
꽃부쟁이 소식이며 씀바귀의 바람
새벽 기차로 달려 온
당신은 우편 배달원

문의 성당

발길 멈추게 한 십일월 홍엽
낙엽 흐드러진 나무 의자에서
그대를 묵상해 보았지
단풍잎 밟으며
나를 하나하나 밟아 보았지
그대를 몸 전체로 느끼고 싶어
우산도 안 들고
오는 비 맞으며 다시 찾았지

보릿고개 시절 지었다는
성당 한 켠
어린이 미사가 울려 퍼지고

까치 소리 비끼어 울고 가고
어우러져 산 속 흔들면
찬미하는 가을
당신은 가까이 와 듣고 있는가

죽음과 함께
울뚝울뚝 살아나는 소리들

제 나름대로
세상 닦아 가는 시어들
무릎 꿇는 단풍잎 하나
철야하는 단풍나무 한 그루

그날

근처 민가 낟가리에
숨어 있을 때에도
내 안엔 그대만의 빛
사이사이로 하늘 빠끔히 보이고
둥지 트는 암탉 있어
연달아 부대끼며 치받으며
춤출 채비 마감하네

까치밥

땟거리도 없어
가랑잎 굴러가는 소리만 듣고 있을 때
치뜬 눈에 밟힌 하늘
도토리 껍질 하나 구경하기 어려운 때
너에게 가면 훈훈한 아침 입김 되어 주었지

문백리부터 불러들인 감나무
배 부른 노래 절로 나오고

질펀한 마당 사랑방 뒷마루
바람 한 줌 먹으며 낮잠든 태양
찬밥 한 덩이 펌프질 물에 말아 먹고
살아 온 우리들의 이야기

오늘 까치밥으로 남은 감 몇 개
가난한 자에게 던져 주네
가슴 시린 자에겐 따끈한 구들장으로 파고 드네
참새 한 마리 지저귀는 들창가

바람 앞에서

빈 자리 채워 간 빛 한 줌
청계천 흙탕물 끝자락
입질하던 흰 뺨 청둥오리 한 마리
서울 하늘 적시더니
복원 소식 물고 되돌아왔네
얼어 붙은 저녁 노을

바람 한 자락의 철렁거림이여
내 몸 어느 구석
숨죽이며 살아오다가
한 솥밥 먹으며
서툰 뜀박질해 왔는가

겨울 외투 단단히
챙겨 입으신 당신
꿈틀대며 흔들리더니
개나리로 다시 피어 울타리 삼아

새 순 홍건히 담궈 내고
무채색으로 달려 왔다네

겨울 냉이

한겨울에도 묵묵히 제자리 지키며
쓴 소리 한 마디 안 하고 월동하고 있지
궁색한 살림 찌그러진 양은 냄비
삶은 국수 위에 살짝 얹히는 너의 이름
버스에 몸 실은 밭둑 논둑 탐방길
호미도 낫도 톱질도 없는
흙 구덩이 속 진주
초저녁 잠 보채는 아기의 칭얼거림 뒤로
슬며시 빠져 나가는 사금파리 미소
꼬챙이 든 바람 타고
솟구치는 눈꽃 송이

바다에서

새떼는 울었다

플라타나스 풋풋한 가지로
하늘 두어 평 따다
내 집 마련했네

산자락 타고 쏟아지는
빛 고운 나무의 손이여

질척이며 떠나간
그 날의 바람

겨울 오동도梧桐島
동백나무 걸린
그 바다

새

바람이 탈바꿈하던 날
지구 한 쪽에선
까마귀 한 마리 날아 가고

어디선가 산을 뒤엎는
아우성도 일어났네

새가 떠나는 것은
큰 것을 버리는 것이냐

당신을 더 알기 위해
나무가 되고
산이 되는 것은 또한 누구인가

3부. 꽃

꽃

에미는
못생긴 아들 하나라도 얻기를 바랐다
저렇게 낮아 보이는 하늘
공기마저 잠재우지 못하였고
너는 헤프지 않은 웃음

작디작은 불씨 하나

녹아 흐르다
보리가 패고 발효되는
서해 파도리 빈 들녘 고요가
벌떡 일어서는
천둥 소리
예쁜 딸의 귀 빠지는 소리

빈 밭에서

봄 산이 햇볕 가둔 날
가끔은 빈 밭으로 내버려두자
무엇을 심을 것인가 생각마저 덮어 보아라
폭풍에 들썩이다
멈춰 선 내 둥지
오늘 새로운 출발 신호 앞에서 잠시 당신 뜻 묵상했지
돌과 흙 이끼 낀 밭에서 거둔
농삿거리 푸슬푸슬 흝을 준비하였네
눈물 되어 저 홀로 키 늘리다 보니
봄날로 심는 이 심장 꿈틀거리는 연초록 빛이여
훌쩍 뛰어 넘어 오네 맨발로
허리띠 단단히 묶고 끌어 당기는 버드나무 숲
끈질긴 뿌리 내림 눈발 빗어 쏟아 붓고
버리고 또 버린 바람 뭉치 펼쳐 보니
리듬 타고 다시 소생하는 살진 밭둑 긴 손 쭉 뻗으면
뒤따라 붙은 구성진 노래 한 소절

포도밭 망대

그대는 그린랜드 빙하
엘리뇨 현상으로 능히 녹일 수 있고
그들의 끝간 데까지 훤히 잴 수 있다네
땅에 묻힌 씨앗
다시 살아 있는 그의 신비로운 때깔
살아 숨쉬는 노래의 흐름
그것은 함께 지고 가야 할
우리들의 과수원 받침대
청원군 오창면 두른 청포도 빛 망대

참숯에게

그날 대낮에 천둥 꽂혀
나를 감고 돈 절구통
뒤안 장독대 간장 독
참숯으로 묽어가더니
곰삭은 고추 짠 맛으로 녹아
숲은 소리 없이 해묵은 나무 그늘 맴돌고
도라지 산삼 되려던 몸부림
뒷산으로 치닫는 목청이구나

청주 이야기

머나먼 시간 얽혔던 샛길 생겨났지
고속도로가 새로 생기면서 터져 나온
터널 줄지어 서고
청주는 새초롬한 가슴을 연다
사계절 정갈한 지어미 모습으로
플라타나스 잠옷 벗고 양치질하는 소리
지금도 외딴집 황토방 어느 구석에서
몸 녹이고 끓고 있는 된장찌개
동네 참숯으로 익어가네
어느 해엔 양손 맞잡고
떠오르는 태양도 넙죽이 안아 보자
무심천이 이메일도 안 보내고
설컹설컹 뛰쳐 나온다
돌 틈 사이 붕어도 고개 밀치며 춤춘다
개나리 벚꽃도 땅 속에서 홍얼홍얼 대꾸하네
오근장
역 쪽으로 한 발 비켜 가는
새벽 기차 흔들거리며 질주하는 소리

연못

물 속 컴컴한 동굴에서
고공 행진 꿈꾸며
비춰 주는 해가 있었나

모퉁이 돌 꺼내 다시 파고 박는 일상
폐허로 자리잡은 곳
정원 들어서고 새 날고
참붕어 잉어 열대어
그리던 고향 언덕에 몸 뉘었다네

당신의 일점 일획도 어긋남 없는 때
나에게도 화려한 비상이 기다리고
큰 포물선 그으며 날개짓 터뜨리면
물살 위로 퍼진 선율
집 나간 새들이 산꼭대기까지 차 오르고
우박 흠씬 뒤집어 쓴 은행나무
새 잎 박차고 기어 나오네

노래

감자꽃 호박꽃 쪽빛에 젖어
30년 만에 고구마꽃 피었다는
친정 소식

산 속 허파 두들기는 바람 소리
장작더미 불쏘시개 군불 때며
늦은 씨 뿌려 옥수수밭 일궈 낸 농사
정말 서툴기만 한 거냐

풀벌레랑 나누고픈 이야기
새들도 귓밥 떼고 몰려 나오는
새 날 새 가곡으로 뒤흔드는 자리여
오늘의 잔치

그 해 유월

유월의 푸르른 잎사귀
손바닥만큼씩 펴져 나갔던 하늘

그대와의 만남이
큰 나무 숲 안 기둥으로 서고
사과밭 굼벵이 모처럼의 나들이에
꿀벌 산새 개구리 열기로 데워진 오후

이 세상 어떤 말로도
엮어지지 않는
그냥 뜨거워진 낱말

달과 달과의 부딪침
울음 그친 새벽 닭

동해

화살로 쏜 꿈 한 조각
언덕비알로 쑥 커가는 소리
노래 한 소절 뿌리고 나면
소나무밭 가장자리부터 피어나는
말쑥한 바람
눈 감으면
절로 떠오르는 커다란 그림 한 폭
동해 폭풍우 안방까지 밀려와
달콤한 낮잠에 빠진 허수아비
과수원 포도 줄기
말라빠진 등걸에 다시 살아 남아
시퍼렇게 물살 가르고 있다네

무주 구천동

여승의 숨소리
나를 깎아 다듬어 낸 갖가지 그림이구나

백련사 뜨락 꽃 잔디
넌지시 앉은 나비 한 마리
닳아빠진 바가지 위 떠 있는 얼굴
목 축이고

갈참나무는 짐승의 먹이인가
우아함으로 반죽한
독일 가문비나무의 결 고운 흐름

세계 희귀종인 모감주나무엔
여름 얹혀 귓가 간지럽힌 성난 오후

너럭바위 틈새 비집고
구천동 물 받아 먹고 산
목마름 가신 빈 들
저만큼 커 가는 하늘 끝
맞닿은 무지개로 눈 뜨고 있네

물

집 나간 금붕어 빠가사리 메기들의 안온한 쉼터
내가 몸 찢기고 뼈 갈아 풀잎 사이로 스며들면
그 비늘 한 잎 물고자 입질하는 고기들

공장 폐수로 한 마리 두 마리 죽어가던 바다
파도 타고 밀려 온 가난한 살림살이
조개 살 찢겨 진주로 거듭난 언덕
샘물 파낸 곳에 몰려든 섬 저녁

미나리 삐죽이 돋아난 냇가
자꾸 퍼 줘야 살아나는 일상 알아 차리고
자기를 땅 속 깊이 가두기 시작했다
섬돌 귀뚜라미도 소식 듣고 맨발로 뜀박질해 오면
돌멩이 하나로 물구덩 터지는 소리
나뭇꾼이 달려 오고
풀숲으로 메꿔지는 저물녘 환상 음악회

배꼽

처서 지나고
물오리도 서둘러 몸단장할 때
여름 내내 고단했던 태풍
늙은 느티나무 주름 펴 준 자리
나른한 나를 포근히 눕힌다
나들이 갔다 온 바람도
내 곁에서 진한 눈빛 보내고
곁에 선 나무들 들락날락 접시 깨뜨리고
진초록 잎새마다 향기로 채색된
구름 질펀한 오늘은
느긋한 오후
개미는 땅 속 언저리로부터 꿀 한 바가지 캐내고
히히 웃어 넘기고
강물이 발 아래서 밤새 노 저어
낯선 땅에 다다랐다는 것은
하늘에 배꼽이 생겨났기 때문인가

가을 서정

명절 때 숨막히는 고속도로에서
이산화탄소 흥건하게 넘칠 때에도
어김없이 코스모스 가을로 환생하네

해묵은 먼지마저 멀리 털어내고
누런 들판 허수아비로 맞장구 서네
메뚜기도 심호흡하는 논둑으로 달려 가자

갈 하늘 뚫어지게 쏘아 보면
고개 숙인 갈대도
두 손 들고 일어서
거친 숨결 걸러내는 탈곡기여

겨울 바다

서남아시아 지진 해일 속에서도
너는 어제와 똑같이 알 낳고 키운다
입김과 햇빛 거느려
큰 살림 도맡아 하고
코 한 번 시원히 풀지 못해
목감기 몸살 끙끙 앓고 일터 나가네

겨울 대천 바다에 몸 담가 보았지
빗장 푼 오후 등살 위
갈매기 몸 씻는 긴 겨울나기
등허리 치받고 올라온 바람떼
바쁜 길 잠시 멈춰
나를 오래 생각하라 손발 이끄네
조개 속앓이 그 잉태의 뼈 굵어 가는 소리
곰삭은 맛깔이여

거울

하늘도 되게 하고
땅도 만드는 소리여

눈비 맞고서라도
하늘 끝까지 뻗치는
발자국

빙벽에 부딪쳐 버린
타이타닉호

청남대

대통령 별장
문의 땅으로 등기 이전하던 날
수몰된 20년 문의 주민들 원한
대청호에 씻겨 물살 가르고 있었네

산골로 몰아친 폭풍우
맛이 간 고향의 숨결
빚무덤만 세운 텃밭
발 빨라진 걸음걸이들
집무실 앞 한 그루 목백일홍
햇빛 속 호수와 손 굳게 잡으면
앞산마저 무색해진 황혼 깔린 뒷 그림

야생화 수십 만 점 가꾸다 허리 꼬부라진
모과나무 한 그루
만 육천 평 대통령 전용 골프장엔
휑한 바람 불어
호박덩쿨도 이곳에 와 꽂히면
예술이라는 산책길

그 날 호수 저 쪽에 쭈그리고
근근이 살아가는 법 하나
빈 달로 떴구나

4부. 강

게

뒤도 안 돌아보는 파도여
너랑 살다 가도 좋겠구나
모두 떠난 자리
거기서만 저 큰 산 바라보며
아니
돌탑 쌓아 올린 마을 어귀서
끙끙 앓다가
갑자기 소나기로 돌아앉다
뒤집어진
그 날의 빛 부신 언덕이여

강

심장에 사진 한 장 찍었단다

강은 언제부턴가 헛살았다고
수풀 향해 소리치곤 했지

단 돈 백원이면
이디오피아 난민
굶주린 아기 며칠 식량이 된다는데

강은 군살이 찌고
뱃살이 불룩 나오더니
꾸역꾸역 구역질해댔지

산다는 것은 덧없다 하지만
내가 살아 갈 이유 하나 건진
질박한 오후

전쟁 고아는 아무런 죄가 없었다
거기
신음하다 잠든 산이 민망했다

강이 그리웠다
눈물이 강을 넘어 바다까지
넘보기 시작했다

다리

솔밭 일구고
가뿐 숨 고르며 흐르던 낮은 물가
큰 다리 하나 놓고
아파트가 하루 건너 들어서
시끄러워진 것은 세상이냐

딴 세상에 살 부딪고
간 밤 폭우에 쓸려 내려 간 것은
누구의 살가운 살림살이인가.
거기 망초 한 송이
쓰러질 듯 노래 한 가락 타고

과거는 말 한 마디도 아끼더니 수줍게 씻겨
안으로 타고 들어 오던 바람
날개도 차마 접지 못한 채
주인 기다리네

금강

하늘 하나로
근근이 살아온 꽃
붉은 빛으로 물들어
어느 날
붓꽃 한 송이
삐쭉 걸어 나왔네

당신과
오랜 날 이고 살아 온
솔밭에서 듣는
저 강물 소리

창문

빗장 풀리고
천둥 번개 몰아 오더니
삐그덕 문 여는 소리가 났네

안개 저무는 소리
팔딱이다 잠든 새 한 마리
들녘은 먼 비바람 쐬고

내 언덕의 두터운 창문
서서히 가쁜 숨 고르면
저기 산 하나
하늘 가득
환성 울리리

문

오랜 날 닫혀 있던 문
바람이 나무와 꽃과 새들이
두드려 왔어도 끝내 열리지 않더니

고목 나무 붙들고 엎혀 살아 온 매미
몇 날 며칠 끼니 잇다가
해마다 쓴 물에 잠겨
단 7일을 살고 가기도 했네

세상이 한 꺼풀 보이고
거기 바다 조갯살 몸 부비는 소리
육지로도 열려
한 판 팔씨름 판 벌인 섬 저녁

등나무 이야기

열매로 잔치 벌인 산등성이여
흙은 심장 뛰는 소리 들으며 자디잘게 부서지고
보통 아이로 태어나 줄기 한 자락 길 트니
세포며 잎사귀 살점 돋아나고
피 돌 때면 서서히 휘감기 시작한 우리들의 작업
의자 위로 숲 들어서고
어느 아침 서툰 작업으로 길들여진 것이냐
기둥 줄기 기대앉고
장대비 홍수로 차 올라
몇 번이나 쓸어 내려간 둥지
나를 꼬아 네가 서성거린 살림터
긴 음악으로 흔들어 깨우고
폐수로 며칠 잠 못 들던 도요새
뒤통수 빼족 내밀더니
만세 부르며 손 뻗는 오늘은
석양빛 또한 예사롭지 않았구나

식칼

어머니는 하루도 빠짐없이
정동진 해돋이도 빚으셨네
눈부신 빛살 사이로 흰 눈 덮이고
바람 한 겹 깔고 녹아 흐른 물기둥
주름살 사이로 삐죽삐죽 나온 뗏자국
조각구름에 반짝 헹궈 널었지

새들 짝지어 날아 올라간 하늘 귀퉁이
그 언저리로 헐떡이며 꿈틀거리던
내 청춘의 노래 한 가닥

거기 노을빛 편지 한 통 빠져 나온
때론 내던진 우물가의 신화
나뭇잎 잘려 나간 모퉁이로
마주선 한 편의 시여

새들에게

수천 킬로미터를
지치지 않고 쉽게 날아가 버리는 새들이여
제자리로 돌아오는 습성 앞에
바다라도 안 흘리던 눈물을 철철 흘렸네
하늘 흐르는 기류
날개짓 서성이는 비상
보이지 않는 또 다른 힘 받쳐들고 날아가는가
내 안에도 보이지 않는 힘으로
나도 덩달아 멀리 날아서 뛰어 가네
큰 길 비워두고 노래할 이유 찾고 있네

나무

들판으로 뛰쳐 나오는
저 나무를 보아라

몇 날 며칠 수술대 오르며
여름 내내 너를 얻기 위해
맨 땅 깊숙이 누워도 봤지

나는 이제야
조금은 눈을 떴네
처음부터 버려서
향기 나는 몸 된 것을

버리고 떠난 자들
움켜쥔 손보다
빈 들의 소리에 귀 기울일 때
당신으로 가득가득 채워지는
커단 열매를

은행나무 이야기

햇빛으로 익은 내 몸뚱아리
장대로 마구 쳐 따 버렸네
그 때 난 알았지
내 이름자에게도 꿀이 들었고
잎새 하나에도
바람과 파도 소리 조갯살 긁는 소리까지
하늘 향해 던지는
가을 저녁 골짜기 물소리를

빛

그대 강 속에 녹아 있어
오랜 날 얼굴 드러내지 않더니
연기 식히고 앉은 산허리 벤취
할머니 적부터 내려온 어둠 한 자락
나무 뿌리 속 이파리 벌레 먹은 나이테
바다 위 걷는 너의 살 무른 무게
웅덩이 속 언 발
한 줄기 빛이 그물에 걸린다

꺼져 가는 불꽃
끄지 않는 이 억센 매듭

춤

조류독감으로
묻히는 구덩이 속에도
햇볕 들먹이니

몸 속 밑바닥부터
심장 꿈틀거리기 시작한다
얼지 않는다던 호수가
꽝꽝 얼어붙더니

오랜 세월 냄새 뒤범벅
방개 엿장수 붕어 한 마리
숨 쉬지 못하는 곳에서
참으로 오랜만에 숨통이 트인
송사리떼

손발이 움직이고 고개를 젖히며
신명나게 지구촌을 살갑고 뜨겁게 달구더니
실핏줄이 돌고
호흡이 빨라진다

큰 잔치 벌어진 숲 속
한바탕 별밭 끌어와
춤판 벌인 오리
닭
산새들

폭설

제주도 비행기 무더기 결항
강원도 횡성 속초 주문진 역
그물에 잡힌 고등어 제철 만나
제 위치 확인하는 역설
흥건하게 일렁이는 동해의 반란
황태 뱃살 뒤집으며 검붉게 익어가면
제주도 소나무 목말랐느냐
덮쳐 오는 통증이여
우린 폭설에 빠져
비틀거리는
잘 익은 환타지 소설 한 권

겨울날에

황량한 벌판 저쪽으로
추적추적 빗물 적시고
숯불 지핀 외딴집 창밖에선가
아니 눈은 끝내 지구 저 편으로
묵은 이야기 떨구어 냈지

두 동강 난 나무 위 적시는 것은
연어가 고향 기슭에서
발자국이라도 남긴다는 것인가

초고속 열차는 뒤도 안 돌아보고
차가운 손바닥 내밀어
눈 뿌린 언덕 위로 찬 몸 누이고
며칠 동안의 단잠 흔들어 깨웠어

겨울 산

바람 속에서
우뚝 일어선 자작나무여

눈 녹은 물
홍건히 새벽 적시더니
깊은 꿈 속에 빠지다

네가 잠 못 이루며
뒤척이는 날은
달과 별들과 버무려 섞인
겨울 끝자락
하나의 풍경화로 눕고 싶다

욕심 없이 자란 기다란 나무들
눈 속에서도
우렁찬 울음 뚫고 피던
겨울 해 그늘 딛고
뛰달리는 산

거기

뿌리째 뽑혀 나간
오 새벽이여

배추

채워야 할 모든 것
그 순간부터
너는 번듯하게 어깨를 편다

네게 태워진 시간도
돌아올 열매 하나까지 빚어 올리면서
언 땅에서 푸근히 누워 보자

바람 한 줄기
물 한 모금으로
무거워진 제 몸 빼근히 추스린다
흰 살 버무리는 언덕이여

아니 적절한 향기로
조용한 빛깔로 가라앉으면
나 또한 숨죽이며 서서히 일어서는
새 봄의 몸짓
기다랗게 기지개 켠다

5부. 봄 이야기

강화도 | 고향 노래 | 냉이꽃

된장 끓이며 | 봄 이야기 | 아침에 | 오월

샘에서 | 유채밭에 서면 | 벼랑에서

사과나무 아래서 | 포도나무 아래서

내 텃밭에서

강화도

강화도에서 한 통의 이메일 받고
나무와 함께 고속도로 누볐지
시인과 바다와의 여행길
아구까지 파고든 저녁해의 몸살

서해 횟집
짭짤해진 대학 추억들
하품하는 달빛 이야기꽃 핀 쑥 마당

강산이 몇 번 뛰뛰기하고
불혹의 체온 묵직해진 무게
경쾌한 클레식으로 물드네

산골 부엉이 적막한 별 속에 빠지고
나이 들어가며 향수병 걸린 태양
이방인 설움 겪던 잠자리
인천 강화 여행길 그 언저리 시간

고향 노래

한·칠레 무역협정에 멍든
때 아닌 무더위로 고향땅엔
제철 아닌 꽃들이 만발했다는 소문
이태백 사오정이 풀 죽은 모습으로
거리를 채색하고 활보해도
기름값 배추값 물가는 눈치도 없이
올라갔다 내려갔다 했지
고향물이 그래도 낫다고
진득한 맛 난다고
미루나무 앉은 매미 쓰르라미
똑같은 노래를 박자도 안 맞추고
뭐라 밤새도록 지껄이고 있네

냉이꽃

꽃다운 꽃 한 송이 피우고 싶네
세상에 삐져 나와 눈 뜨고 보니
약하디 약한 살점 마디마디
소쩍새도 눈독 안 들이는 자그만 노래
흙 한 줌 물 한 모금으로도
돌 틈 사이에서 다시 살아나는 저 몸짓
지구촌 한 구석
달디단 맛으로 살아난다네
꽃샘 추위에도 꼿꼿이 일어서는
우리의 속 꽉 찬 이웃

된장 끓이며

숲 속 가장자리로 새 살갗 살아났지
밥상머리 감초로 오르는
뿌듯한 네 자리
해 거르지 않고 담아낸
시어머니 손 맛 그 짜릿한 열기
시큰한 허리뼈 또 내려앉고
오랜만에 낮달이 부친 편지 한 장
참숯으로 살가워진 한 몸뚱이
밀물 썰물이 욕심 내려놓고
돌고 도는 순리
불 난리 물 재앙에도 눈 하나 꿈쩍 않고
허물 벗는 저 커다란 산

봄 이야기

묵직한 봄이 내뱉는
이야기 한 토막
오래도록 귓전 때렸네
청맥 황맥 알갱이 통통하게 익고
씨눈마다 시퍼렇게 자라나
해마다 내 뱃속에서 태동하고
그윽한 향 뜨락에
대장간 갈던 숫돌 붓펜으로 남아
문의 땅 수몰민 밑그림 차오른 산 발바닥
실향의 눈물 한 켠에 고이고
봄은 해마다 몸무게 늘리더니
쭈그린 자 일어서라
대청호 민들레
날개 달고 큰 소리 치며 날아 오르네

아침에

모가지를 비틀어도 아침은 온다
쌈닭 판치는 개울가
아니 여기 강가에서 칭얼대는 오리떼
아침은 오랜 겨울잠 잤네
기다란 꿈 알뜰히 엮고
날짜까지 건너 뛴
봄길 걸어 차분히 펼치는
산꽃 바람에 부풀어
깨어나는 산울림이여

오월

오월 아카시아 향내 속으로
다람쥐 한 마리 달아나고
유월 넝쿨 장미 속
깊이 파고 들어가면
터져 나오면서 드러나는 길
낙엽 더미 속 곰팡이 지렁이도
살아갈 이유 넘치는
땅 속에서 열린 음악회가 무르익고 있다

샘에서

황토밭 돌무더기
벽돌 한 장씩 날랐었네
솟아 오르는 물 보면
지구촌 물 전쟁 숨 막히는
누구나 한 번쯤 꿈꾸었을 나이
큰 것들 그림자 길어지고
숨은 울타리로 남고 싶었네
서까래로 박힌 땅
차오른 물살
독수리떼 소리치는 날개
무지개 되어 하늘 저 끝에 걸린다네

유채밭에 서면

나의 조상이 오랜 날 이겨 넣은 것은
볏집 아궁이 흙이었나
혼자 된 산사의 황토집
겨울비 묵힌 땅 버려진 씨도 빛 볼 날 아는가
바람도 맥 풀려 설익은 잠 때우고
온종일 장작 패고 독경할 때
스콧 니어링 * 깃발 펄펄 휘날리고
청원 땅 여기저기서 선명해져 오는 빛깔
올드 팝송 되살아나고
브라질 삼바춤으로 걸어 나오는 어머니 허리춤
퍼져 나가는 유리 조명 색다른 눈짓 사이로
찬란한 햇살 붙 밀려와

* 스콧 니어링 : 1883-1983 미국의 열정적인 사회 개혁가, 자유주의자 펜실바니아대 경제학 교수, 톨레도대 교수 역임, 환경 운동가

벼랑에서

바다 구경하느냐
벼랑의 한 줌 흙 비집고
고개 내민 풀 한 포기여

"저 장하지 않나요 꺾지 마셔요"

저기 바다에 귀향하는
투박한 어부의 손
물살은 섬바위 툭툭 건드리고

더 크게 소리치며 떨어지는 바람
뒤통수 때리는 새 아침에

사과나무 아래서

— 당신에게

구약성경에도 올라있는 네 이름
그 날 에덴동산에서도 일어난 지진 해일
남극 찬 서리 끝없는 낭떠러지로
돌이킬 수 없는 역사 서산에 기울고

거기 접 붙여 태어난 가지 하나
엄마 뱃속의 긴 여행
탯줄 잘리며 흘린 첫 눈물
땅 속 흙과 매듭짓고 영양 받고 억세게 자라났네

처음 비쳐진 세상 이야기
벌 나비떼 숨죽이며 쉬어 간 무지개 들판
물빛 사랑 찾아다닌
내 굳게 잠긴 쪽방
누추한 손님으로 피곤한 나그네로
당신은 빛 없는 배후에 찬란하게 얹히는 빛 무더기
성 허문 곳에 우뚝 솟아나는 붉어진 열매 더미

사과나무 아래서 매일 밤 들려 오는
당신의 열띤 사랑 이야기

그 사랑에 두 눈 멀었어도
환희의 찬가 귓전 때리네
하늘로 두레박 길어 올리며
내 몸 구석구석 도진 피부병 만지는 성가신 느낌
맑은 물에 씻기며 낫는 소리

포도나무 아래서

— 딸에게

포도나무 아래서 영근 포도가 노래 부르네
등나무 아래서 서너 번 지붕 개량한 등꽃이 살살 걸어나와
생음악으로 음반냈다고 눈짓하는 질박한 오후
어미의 별난 기도 먹고 옹골지게 자라난 참포 도송이
그윽한 한 송이 들꽃으로 빚어져 있네
멀리 퍼지는 감미로운 향기 그 어우러진 시밭에서
들짐승 소리 산새 소리도 이젠 사라지고
빈 들녘에서 거친 밥 먹고 담뇨 한 장 덮은 흐름
쓰나미 통과해 정금으로 쑥쑥 튀어 나오고
덧칠한 어깨 떡 벌어진 틈새로
또 하나의 잉태된 훤칠한 나무여

내 텃밭에서

— 아들에게

플라타나스 온 몸에 소나기 뿌리던 새벽
지아비 닮은 모습으로 우렁찬 울음 터뜨렸지
별은 제자리 견디며 새벽닭 울 때까지 서성대고
이 땅 아니 지구촌 주변 마을에도 잔치판 벌려
지나가던 까투리도 한 몫 끼어 노래 한 마디 던지고 갔지
해마다 봄날 돌아와 머리 깎고 목욕하면
알갱이로 뿌리 내린 교정
다윗왕이 물맷돌로 골리앗 쳤던 기운 살아나
말씀 한 구절 먹고 살던 그 날
가랑비에 새 옷 젖고
터지는 봇물에 붕어 미꾸라지 튀어 나와
봄을 삶는다
별난 매운탕으로 끓고 있다

■ 작품해설

새로운 언어의 참신한 서정적 조형미

— 자연과 인간의 조화로운 친환경의 시세계

洪潤基

한국외대 「한국시」 담당교수, 시인, 문학평론가
일본 센슈우대 문학박사(시문학)

박지현 시집《미시령 눈사태》를 읽으며 나는 박지현의 빼어난 시창작 역량을 평가하련다. 20세기 초에 라이너 마리아 릴케(Rainer Maria Rilke, 1875~1926)가《형상시집》(形像詩集, Das Buch der Bilder)을 냈을 때, 유럽 시단은 경탄해마지 않았다. 자연과 인간의 합일合一의 세계를 시언어의 예술로써 조형하는 새로운 표현의 신비한 세계를 유감없이 발휘했기 때문이다.

박지현은 21세기 한국 시단에서, 한국어의 새로운 언어 조형을 통한 인간과 자연의 내적 본질에 육박하는 참신한 서정의 시세계를 우리들에게 투철하게 보여주고 있다. 지금까지의 안이한 서정성을 불식하고, 자연과 인간의 조화로운 친환경의 시세계 전개가 그것이다. 그러기에 나는 박지현 시집을 대하면서, 시인 릴케를 연상했으며, 박지현은 21세기 한국 시단에 본격적으로 자연과 인간의 삶의 본질을 추구하는 참신한 친환경 시세계를 전개시키면서, 우리 시인들에게 신선한 충격을 주고 있다.

여기서 박지현의 시편들을 함께 살펴 보기로 하자.

한겨울에도 묵묵히 제자리 지키며
쓴 소리 한 마디 안 하고 월동하고 있지
궁색한 살림 찌그러진 양은 냄비
삶은 국수 위에 살짝 얹히는 너의 이름
버스에 몸 실은 밭둑 논둑 탐방길
호미도 낫도 톱질도 없는
흙 구덩이 속 진주
초저녁 잠 보채는 아기의 칭얼거림 뒤로
슬며시 빠져 나가는 사금파리 미소
꼬챙이 든 바람 타고
솟구치는 눈꽃 송이

— 〈겨울 냉이〉 전문

우리에게 오늘날 절실한 현실적 아픔이란 무엇인가, 이 〈겨울 냉이〉는 우리들을 새롭게 각성시키고 있다. 여기서 서두에 나오는 '한겨울' 이란 메타포는 두 말할 나위없이 우리가 걸어오고 있는 아픔의 시대의 상징어다. 그 고통을 묵묵히 인고하며 견디는 '겨울 냉이' 는 '쓴 소리 한 마디' 도 하지 않고 시련을 극복하고 있다지 않는가.

이와 같은 겨울 냉이의 실존적 삶의 내용을 우리는 다만 처절하다고 탄식만 하고 있을 것인가. 뒤집어 말해서 성실하고 양심적인 선량한 우리 '냉이' 들은 온갖 부정과 부패며 불의에 짓눌려 숨통이 틀어 막혀 오고 있지 않은가.

시인은 한 시대를 살아가는 다만 조용한 언어의 노래 순례자가 아니라는 것이, 이제 〈겨울 냉이〉를 통해 우리에게 절실하게, 아니 통절하게 선언되었다. '사금파리 미소' 와 '꼬챙이 든 바람' 의 시적 고발의 미학은, 여느 한국시에서도 지금까지 찾아볼 수 없었던 참신한 서정적 시어다.

시인은 새로운 언어의 창조자다. 새 언어의 창조 없이 시인을 결코 운운할 수 없다. 릴케는 한때 조각가 로댕(F. A. Rodin, 1840~1917)의 제자가 되어 그의 조각실을 드나들었으며, 거기서 물질의 조형 과정을 지켜 보면서 사물의 내적 본질을 언어로 조형하기에 이르렀거니와, 이제 우리 시대의 새로운 시인 박지현은 21세기 한국 현실의 삶의 내적 본질을 서정의 언어로 조형하며 두각을 나타냈다.

이제 우리는 한 편 한 편 이 시집을 통해 박지현의 시세계를 투시해 보기로 하자. 새롭다는 것이 과연 무엇인지, 또 우리가 이제 써 나가야 할 한국 현대시의 과제가 무엇인지, 시집 《미시령 눈사태》가 신선한 시의 사태를 일으키고 있지 않은가.

열매로 잔치 벌인 산등성이여
흙은 심장 뛰는 소리 들으며 자디잘게 부서지고
보통 아이로 태어나 줄기 한 자락 길 트니
세포며 잎사귀 살점 돋아나고

피 돌 때면 서서히 휘감기 시작한 우리들의 작업
의자 위로 숲 들어서고
어느 아침 서툰 작업으로 길들여진 것이냐
기둥 줄기 기대앉고
장대비 홍수로 차 올라
몇 번이나 쓸어 내려간 둥지
나를 꼬아 네가 서성거린 살림터
긴 음악으로 흔들어 깨우고
폐수로 며칠 잠 못 들던 도요새
뒤통수 뾰족 내밀더니
만세 부르며 손 뻗는 오늘은
석양빛 또한 예사롭지 않았구나

—〈등나무 이야기〉 전문

〈등나무 이야기〉는 삶의 진실을 우리에게 새롭게 인식시키고 있다. '등나무'는 곧 우리들의 삶의 새로운 상징어다. 그가 겪는 '장대비 홍수'의 물난리며, 우리들의 '둥지'는 처참하게 떠내려가지 않았던가. 집과 삶의 터전을 비참하게 상실당하며 고통받는 서민들. 홍수의 원죄原罪를 시인이 추궁한다. 부패한 자들의 책상과 악에 물든 계산기가 우리를 분노케 한다. 그러나 시인은 또 참고 더 견디며, '나를 꼬아 네가 서성거린 살림터/ 긴 음악으로 흔들어 깨우고' 있는 것이다. 그것은 곧 우리를 감동시킨다.

시는 감동으로 시작되고 감동으로 끝나는 데 그 존재 가치가 성립된다. 그것은 곧 시의 창조적 내용미內容美이며, 동시에 시의 독자들을 기쁘게 해주는 생의 비약이며 생의 환희다. 오늘의 시의 가능성을 '초자아超自我'의 방법론으로 철저하게 제시하고 있는 것이 박지현의 시이기도 하다.

시 〈빈 밭에서〉를 함께 읽어 보기로 하자.

봄 산이 햇볕 가둔 날
가끔은 빈 밭으로 내버려두자
무엇을 심을 것인가 생각마저 덮어 보아라
폭풍에 들썩이다
멈춰 선 내 둥지
오늘 새로운 출발 신호 앞에서 잠시 당신 뜻 묵상했지
돌과 흙 이끼 낀 밭에서 거둔
농삿거리 푸슬푸슬 흙을 준비하였네
눈물 되어 저 홀로 키 늘리다 보니
봄날로 심는 이 심장 꿈틀거리는 연초록 빛이여
훌쩍 뛰어 넘어 오네 맨발로
허리띠 단단히 묶고 끌어 당기는 버드나무 숲
끈질긴 뿌리 내림 눈발 빛어 쏟아 붓고
버리고 또 버린 바람 뭉치 펼쳐 보니
리듬 타고 다시 소생하는 살진 밭둑 긴 손 쭉 뻗으면
뒤따라 붙은 구성진 노래 한 소절

—〈빈 밭에서〉 전문

'봄산이 햇빛 가둔 날'을 살아가는 삶의 경작耕作의 터전이 이 시는 우선 메시지로써 강력하게 제시되고 있어 눈길을

끈다. 이것은 무엇에의 절규인가. 인간의 삶의 양식樣式이 사회적인 가치며 이상을 자기의 마음의 내부에다 수용하여 여과시키는 행위, 그것이 박지현에게는 남달리 특출한 시의 새로운 이미지화 작업이며, 그 형상화形象化의 결론이다. 즉 그것이 박지현의 초자아의 시적 방법론의 눈부신 도출이다.

인간이 나를, 아니 나의 존재를 탐구해 내는 것도 중요하거니와, 전체로서의 자아의 존재 가치를 탐구해 내는 작업이야말로, 초자아 형성의 시적 창조력이다. 그것은 우리 사회의 삶의 공동체에 대한 시적 구원救援의 방법론이다. 이른바 철학적 삶의 방법론 도출이 아닌 가장 순수한 문학적 창조 양식이다.

우리는 박지현의 〈미시령 눈사태〉의 투시력에 의해, 초자아의 창조적 시의 미학을 접하게 되는 것이다.

강원도 고성군 미시령
올해도 어김없이 엇갈린
폭설로 희비 짙었는가
운전자들 십년 묵은 체증 같이 녹고
동태 오징어로 겨울 나는 끝동 시린 저녁찬
얼음판 위 한 방 날리던 어린 아들
시집 간 딸 오던 길 첩첩 산중

설경의 차오름 풀썩 젖는
스키어들의 환호성
앞산마저 들었다 놓았다 했지

길 막힌 병원 골목이며 장터
꽁꽁 언 바다 밧줄 묶인
라면 한 그릇 섞어 마시던
어부의 주름진 얼굴

눈 뿌려 창문 환해지면
그 눈 뭉쳐 앞산 내지른
찐득찐득한 살얼음 묘약

미시령에 해마다 내리는 눈으로
햇빛과 그늘로 엇갈리고
쌓인 눈의 깊이와 높이
설경설경 묻어 놓고 가네

—〈미시령 눈사태〉 전문

삶의 비통한 현실과 환희의 교차가 강원도 설악산 미시령 눈사태를 통해 서로 엇갈린다. 삶의 형태, 그 내부의 진실 추구라는 상대적 콘트라스트의 표현법은, 많은 독자에게 강력한 설득력을 전개시킨다. 즉 시는 결코 독선적 언어의 확장이 아닌 최고선最高善의 순수 정감情感의 발로다. 거기서 비로소 오늘의 시대가 요청하는 자연과 인간의 친환경 시대의 서정적 조형미가 승화하는 것이다.

거기 〈겨울 산〉이 우뚝 일어선다. 함께 감상해 보자.

바람 속에서

우뚝 일어선 자작나무여

눈 녹은 물
홍건히 새벽 적시더니
깊은 꿈 속에 빠지다

네가 잠 못 이루며
뒤척이는 날은
달과 별들과 버무려 섞인
겨울 끝자락
하나의 풍경화로 눕고 싶다

욕심 없이 자란 기다란 나무들
눈 속에서도
우렁찬 울음 뚫고 피던
겨울 해 그늘 딛고
뛰달리는 산

거기
뿌리째 뽑혀 나간
오 새벽이여

—〈겨울 산〉 전문

시의 형상화 작업, 그것은 곧 그 시인의 시적 기교뿐 아니라, 타고난 탤런트, 즉 재능을 유감없이 보여준다.

여기 〈배추〉를 읽어 보면 우리는 그 사실을 실감하게 된다.

채워야 할 모든 것
그 순간부터
너는 번듯하게 어깨를 편다

네게 태워진 시간도
돌아올 열매 하나까지 빚어 올리면서
언 땅에서 푸근히 누워 보자

바람 한 줄기
물 한 모금으로
무거워진 제 몸 빠근히 추스린다
흰 살 버무리는 언덕이여

아니 적절한 향기로
조용한 빛깔로 가라앉으면
나 또한 숨죽이며 서서히 일어서는
새 봄의 몸짓
기다랗게 기지개 켠다

— 〈배추〉 전문

테크닉이 뛰어난 시인일수록 사물의 '의인화'의 솜씨를 발휘한다는 것이 〈배추〉를 통해 여실하게 이미지화 되고 있다. 제1연에서의 '배추의 사명使命'은 우리에게 강력하고도

늠름한 삶의 메시지를 전달시켜 준다. 그러면서 흡사 기승전결의 수법을 동원한 메타포의 능란한 솜씨는 마침내 제4연에서의 희망찬 귀결을 엮어낸다.

여기서 〈빨래〉라는 제재題材를 통한 또 다른 메타포의 시적 기교가 다시금 우리를 주목시킨다.

무심천 쓸고 간 큰 물살
수초의 키재기 노래
한 겨울 용케 뚫어낸
붕어 송사리 메기떼

아낙네들 끓던 속
텃밭 고랑 스쳐 지나가면
물소리 받아 먹고 커 온
키 작은 물새 한 마리

숨쉴 수 없는 날 겹으로 껴안고
한 밤 지샌 고단한 매듭
헹굴 수 없어 서성이던 흘러 간 날이여

몸 다친 물고기떼 행렬
을숙도 새들도 새 날개 달고 떠난 터에
살 붙이고
살 떼고

— 〈빨래〉 전문

이것은 이른바 문명비평의 시다. 여기서 〈빨래〉는 때묻은 옷을 라운드링하는 세탁이 아니다. 인간이 저지르는 온갖 공해公害의 검은 마음의 때를 시로써 세척하여 승화시키는 작업이다. '몸다친 물고기떼 행렬'이며 독이 든 콩을 쪼아먹고 버둥대는 철새떼의 아픔이며, 죽음은 이제 인류의 새로운 생존을 위해서도 그런 고약한 작태가 우리의 삶의 터전에서 제거되고 깨끗한 마음으로 빨래되어야만 한다. 그러기에 '살 붙이고 살 떼고' 하는 인간의 죄악은 철저하게 제거되어야만 한다.

여기 또 하나의 문명 비평의 시 〈춤〉도 함께 읽어 보기로 하자.

조류독감으로
묻히는 구덩이 속에도
햇볕 들먹이니

몸 속 밑바닥부터
심장 꿈틀거리기 시작한다
얼지 않는다던 호수가
꽝꽝 얼어붙더니

오랜 세월 냄새 뒤범벅
방개 엿장수 붕어 한 마리
숨 쉬지 못하는 곳에서
참으로 오랜만에 숨통이 트인

송사리떼

손발이 움직이고 고개를 젖히며
신명나게 지구촌을 살갑고 뜨겁게 달구더니
실핏줄이 돌고
호흡이 빨라진다

큰 잔치 벌어진 숲 속
한바탕 별밭 끌어와
춤판 벌인 오리
닭
산새들

—〈춤〉 전문

〈춤〉은 인간에게 있어서 흥겨운 육체적 율동이다. 그 춤을, 박지현은 죽어가던 새며 물고기들에게 새 생명의 부활로써, 삶의 참다운 가치로써 새롭게 부여하는 것이다. 여기서 다시금 박지현은 우리가 눈으로 볼 수 없는 것을 마음으로 투시시켜 준다. 풍성한 이미지의 힘, 즉 상상력을 통한 새로운 문명비평의 시세계는 계속 확대되고 있다. 그러면서 또 하나의 문명비평의 〈먼동〉을 다음처럼 듬직하게 불끈 솟구쳐 준다.

동해 밑바닥 물
끝없이 훑으는

커다란 팔뚝이었다

세종기지
얼음과의 사투
번뜩이는
구명보트 한 척이었네

아침마다
펄럭이는 깃발이었지
함께 흔들리는
목청이구나

새벽잠 흔들어 깨우며
우뚝 일어서는
장미꽃 하나

그리고
온통 색깔 골라
출렁거리는 자유여

―〈먼동〉 전문

우리가 군소리를 덧붙일 것도 없다. 남극 땅 세종기지世宗基地에서, 그 혹한의 얼음판에서 과학 한국의 희망찬 내일을 열고 있는 우리 과학자들의 시련 극복의 눈부신 발자취를 시인은 유감없이 찬양하는 시세계를 전개시켜 우리를 감동시킨다.

흔히들 "시를 쓸 게 없다"고 볼멘 소리하는 이들이 허다하지만 이렇듯 새로운 소재素材가 한국 현대시의 소망스런 오늘을 엮어내 주지 않는가.

이제 다시 박지현의 〈식칼〉이라는 한 편의 시적 패션(passion)과 우리 함께 마주쳐 보자.

어머니는 하루도 빠짐없이
정동진 해돋이도 빚으셨네
눈부신 빛살 사이로 흰 눈 덮이고
바람 한 겹 깔고 녹아 흐른 물기둥
주름살 사이로 삐죽삐죽 나온 뗏자국
조각구름에 반짝 헹궈 널었지

새들 짝지어 날아 올라간 하늘 귀퉁이
그 언저리로 헐떡이며 꿈틀거리던
내 청춘의 노래 한 가닥

거기 노을빛 편지 한 통 빠져 나온
때론 내던진 우물가의 신화
나뭇잎 잘려 나간 모퉁이로
마주선 한 편의 시여

—〈식칼〉 전문

박지현다운 시의 카리스마가 〈식칼〉이라는 그의 패션을

껴안고 우리 앞에 다부지게 육박해 왔다. 패션이라는 말은 흔히 '열정' 이라고 일컫는다. 그러나 그것을 확대시키면 삶의 의욕적인 질투며 종교적인 신념 등으로 발생하는 만성적인 정동情動이다. 그러한 패션을 거치면서 박지현의 〈식칼〉은 우리에게 무한한 이미지네이션의 다채로운 마음의 그림들을 전개시켜 준다. 어쩌면 이 '식칼' 은 만능의 칼인 것 같다. 어머니의 도마에서 비롯된 식칼의 작업은 '정동진 해돋이' 를 빚으면서, 캔버스에다 다양한 삶의 색깔을 칠해 주는 '나이프' 로써 눈부시게 작동한다.

나는 이 시를 읽으면서 유능한 '시인' 이란 우리 눈에 보이지 않는 것을 상상력으로 빚어내는 솜씨가 있어야 한다는 종래의 나의 주장을 독자 여러분과 되풀이해 보련다.

박지현의 시세계에 두드러진 이미지는 역시 계절적인 '겨울' 이며 신고로운 '겨울 산' 이다. 그러나 그것은 절망에로의 탄식이 아니라, 우리가 극복해 내야 할 삶의 진실과 환희를 향한 시련에의 도전이다.

그리하여 〈숲에서〉와 같은 생의 참가치가 뚜렷이 설정된다. 읽어보기로 하자.

깊이 코 골며 잠든 숲
육신 뒤틀며 거세게 비 뿌리고
나뭇잎 통째로 목욕한다
새들은 덩달아 지껄이고
풀은 여기 저기서 부대끼며
거기 뒤뚱대는 새 한 마리

조용한 날에 춤춘다

—〈숲에서〉 전문

땅에 뿌리박은 나무며, 그 나무에 날아와 앉아 먹고 쉬는 새, 또한 땅바닥에서 짓밟히는 풀, 이 모든 것의 삶의 새로운 조화를 위한 박지현의 시적 친환경 미학은 오늘 우리들의 목말랐던 서정을 흠뻑 맑은 물로 적셔준다.

그것은 자아가 아닌 타아他我에 대한 참다운 사랑이다. 소박한 가운데서 찾아내는 플라토닉한 지상至上의 혼보다도 더욱 뚜렷하게 우리의 역사적 현실을 응시하는 참다운 타아애他我愛의 조화미다. 즉물적인 감각과는 전혀 다른 영혼의 눈을 새롭게 뜨는 시인의 삶의 현장에의 사랑이다. 거듭 밝히지만 인간과 자연의 친환경의 빛나는 가치를 추구하는 흐뭇한 작업이다.

더욱 정진을…….

박지현 시집
미시령 눈사태

지은이 / 박지현
펴낸이 / 김재엽
펴낸곳 / 한누리미디어

100-845, 서울시 중구 을지로 2가 148-73
신화빌딩 401호
전화 / (02)2278-4513, 2268-4514
팩스 / (02)2268-4524

등록 / 제16-467호(1993. 11. 4)

초판발행일 / 2005년 6월 20일

값 6,000원

E-mail/hannury2003@hanmail.net

ISBN 89-7969-268-4 03810